AF145340

Für alle, die gegangen sind.
Irgendwann sehen wir uns wieder...

Ähnlichkeiten mit verstorbenen oder lebenden
Menschen,
sowie Geschehnissen sind rein zufälliger Natur.

Malaika Plueckthun

Niemand ist bei den Kühen

Kurzgeschichten vom Leben, dem Tod und von
der Liebe...

Bibliografische Information der Deutschen Nationalbibliothek:
Die Deutsche Nationalbibliothek verzeichnet diese Publikation in der
Deutschen Nationalbibliografie; detaillierte bibliografische Daten sind
im Internet über http://dnb.dnb.de abrufbar.

TWENTYSIX – Der Self-Publishing-Verlag
Eine Kooperation zwischen der Verlagsgruppe Random House und
BoD – Books on Demand

© 2017 Malaika Plueckthun

Herstellung und Verlag:
BoD – Books on Demand, Norderstedt

ISBN: 9783740728977

Illustration: **Malaika Plueckthun**

Die Zeit des Moments

Ihm gefiel ihre freche Art, ihr schillerndes Wesen. Sie hatten sich geliebt. Erst im Wasser und schließlich am Ufer direkt neben dem Schilf unter den im Wind rauschenden Erlen. Ungeachtet der Mücken, die erbarmungslos über sie beide herfielen und zustachen. Der ganze Spätsommer duftete nach ihrem blumigen langen Haar, nach Lakritze und nach Algenwasser auf salziger Haut. Wenn die kurzen Momente zu zweit da waren, war er wie losgelöst. Wie in einer Art Wunderland. Wie Alice im Wunderland. Unabhängig von der Zeit. Einzig nur im Raum. Im Raum mit ihr. Ein Kribbeln durchflutete seine Magengegend. Kleine Schmetterlinge begannen zu schlüpfen. Lange hatte er dieses Gefühl nicht mehr gespürt.

Die Frau vor ihm hatte die gleiche Silhouette wie sie. Das Haar lang und kräftig. Er zitterte innerlich, blieb jedoch äußerlich ganz ruhig und besonnen. Dreh dich um, bitte. Dreh dich um. Seine Gedanken konzentrierten sich einzig auf diesen einfachen Wunsch. Ihr Lachen glitt in sein Herz und schüttelte ihn. Sie war es, sie musste es sein. Doch ohne sich umzudrehen, stieg sie in ein Auto, das er erst jetzt wahrnahm und fuhr davon.

Sein Herz zerriss. Er rang nach Luft. Es gibt immer eine zweite Chance, sagt sein Freund Bjoern. Sollte er sie gerade verpasst haben, sie einfach verschenkt haben? Noch bevor er weiter darüber nachdenken konnte, packte ihn eine Hand an der Schulter. Seine Frau war aus dem Geschäft zurück. Sie plapperte auf ihn ein, ohne das er etwas davon zur Kenntnis nahm. Erst als sie sich beschwerte, »Du hörst mir ja gar nicht zu«, tauchte er aus seinen Gedanken auf und kam wieder im Hier und Jetzt zum Stehen.

Die langhaarige Frau fuhr mit dem Auto davon. Sie hatte ein seltsames Gefühl. Irgendetwas war geschehen. Sie spürte eine Veränderung. Ein Vibrieren tief in sich. Es erinnerte sie an den Sommer. Den Sommer vor knapp 21 Jahren. Sie war nicht jung gewesen, aber auch nicht alt. Und es war der beste Sommer ihres Lebens gewesen. Ein Sommer, den sie nie vergessen würde.

Sie war damals irgendwie über ihn gestolpert. Genau genommen war er in ihr Leben gestolpert und dann war alles ganz ohne Worte gewesen. Sie waren zusammen, die Zeit stand still, es zählte nur der Moment.

Warme hitzige Tage hatten sie gemeinsam verbracht. Mal abends im letzten Sonnenschein, mal morgens, während der Tau auf den Wiesen lag. Es fühlte sich irgendwie richtig an, auch wenn Außenstehende es vielleicht für falsch betrachtet hätten. Für sie beide war es gut. Einfach gut. Ohne Kommentar. Aber das Ganze war lange her. Vergangenheit.

Sie hatte nun ihr eigenes Leben. Ihre eigene Familie, die aus zwei Katzen bestand. Für eine echte Familie hatte es nie gereicht.

Vielleicht hätte es mit ihm eine werden können. Doch es war anders gekommen. Vielleicht war es gut so. Vielleicht auch nicht. Sie dachte darüber nach, ob er noch in seinem alten Haus wohnen würde. Vielleicht sollte sie ihn einfach mal besuchen. Auch auf die Gefahr hin, wie früher, von seiner Frau verbal angegriffen zu werden. Lange nach ihrem wunderbaren Sommer hatte seine spätere Frau ihn sich, im grauen Nebelwetter eines Spätherbstes geangelt. Wie ein unmündiges Kind hatte sie ihn an ihre Leine gelegt, nahm ihm all seine Freiheiten und ließ ihn beim kleinsten Aufbegehren seinerseits zappeln, wie einen Fisch am Haken.

Sie war schon damals scheinheilig, später schlichtweg bösartig und missgünstig gewesen. Hatte ihn emotional entmündigt und ihn in ihr Spinnennetz getrieben, das sie gegen alle seine Freunde bewachte.

Die von ihr erzwungene Ehe, hatte ihr übriges getan.

Aber all das war lange her. Man könnte es einfach versuchen. Es gibt nichts zu verlieren, dachte sie und begab sich auf einen neuen, dennoch alten Pfad in ihrem Leben.

Er erwachte mitten in der Nacht. Die Uhr zeigte 2:34. Er horchte ins stille Zimmer hinein. Seine Frau hatte schon vor Jahren auf getrennte Schlafzimmer bestanden. Die Hochzeitstorte war kaum aufgegessen gewesen, da hatte sie ein eigenes Bett durchgesetzt und ihn verbannt. Nun lag er alleine wach in seinem Zimmer und starrte zum Fenster. Er hatte ein merkwürdiges Gefühl in der Magengegend. Wie wäre alles gekommen, wenn er sich anders entschieden hätte? Damals, vor 21 Jahren.

Die Digitalanzeige ihres Autos sprang auf 2:34 Uhr um, als sie in sicherer Entfernung vor seinem Haus anhielt. Sie beobachtete es. Versuchte auszumachen, ob er wirklich noch hier wohnte. Sie hatte nicht mehr abwarten können und war die ganze Nacht gefahren, um nun hier zu sein. Sie sog die Luft ein, als sich im oberen Stockwerk eine Gardine bewegte.

Er war ans Fenster gegangen, um einen Blick auf die Straße zu werfen. Ungewöhnlich, dort in einiger Entfernung stand ein Auto mit fremdem Kennzeichen. Etwas unglücklich geparkt, direkt an der Bundesstraße. Und fast schien es so, als würde dort am Steuer jemand sitzen. Er war wie paralysiert. Konnte den Blick nicht abwenden und versuchte immer wieder, den Fahrer des Wagens besser auszumachen. Sein Herz begann zu pochen. Ihm wurde eiskalt, ohne dass er Angst verspürte. Vielmehr war es ein seltsames Stechen und Ziehen im Unterleib, wie bei einer Achterbahnfahrt. Es war sonderbar. Er beschloss, nach unten zu gehen und nachzuschauen, wer dort unweit seines Hauses an so einsamer ungewöhnlicher Stelle parkte. Vielleicht war es eine Panne, Vielleicht konnte er helfen.

Als die Haustür geöffnet wurde, riss sie erschrocken die Augen auf. Panisch drehte sie den Schlüssel. Der Motor heulte auf. Eine Gestalt kam auf sie zu. „Zu früh, es ist noch zu früh." Sie trat das Gaspedal. Das Auto machte einen Satz und schoss davon.

Es kam in der Nacht zu Freitag zu einem tragischen Verkehrsunfall an der B209, bei dem zwei Menschen starben. Aus noch ungeklärter Ursache kam ein Pkw von der Straße ab und kollidierte mit einem Baum. Die Fahrerin verstarb sofort am Unfallort. Ein zu Hilfe eilender Anwohner wurde kurz darauf von einem nachfolgenden Lkw erfasst und erlag seinen tödlichen Verletzungen nur Stunden später im Krankenhaus. Für sachdienliche Hinweise melden Sie sich bitte bei der zuständigen Polizeidirektion.

So hatte es also geendet. Irgendwie spektakulär unspektakulär. Sie war nun tot. Seit ein paar Tagen schon. Die Nachricht über das ganze Geschehen hatte sie in der Zeitung mitgelesen, die jemand aufgeschlagen liegen gelassen hatte.

Sie fühlte sich leicht. Federleicht. Konnte sich bewegen, wohin sie wollte, nur konnte niemand sie wahrnehmen.

Es war irgendwie rührend gewesen, seine eigene Beerdigung zu erleben. Alle nochmal zu sehen und allen „ade" zu sagen, auch wenn sie es nicht hören konnten. Die echten und die falschen Tränen zu sehen und sich die alberne Grabrede anzuhören. Die viel zu getragen war für ihren Geschmack.

Aber nun wurde es langsam langweilig. Und furchtbar einsam. Die Leute wandten sich wieder ihrem Alltag zu. Anfangs war es interessant gewesen, sie zu beobachten, aber da sie weder Kontakt aufnehmen, noch Zeichen geben konnte, war es sehr einseitig. Sie vermisste jemanden, der so war wie sie, ein Ding zwischen den Welten. Eine einsame Seele.

Sie beschloss zurückzukehren an den Ort, der sie am meisten bewegt hatte. Hieß es nicht auch in verschiedenen Mythologien und Sagen, dass die Seele eines Menschen an seinen liebsten Ort zurück kehrt? Es bestand somit eine kleine Hoffnung, ihn wieder zu finden. Er war schließlich auch bei dem Unfall verstorben. Aber sie hatte ihn bisher nirgends finden können. Weder bei sich zuhause, noch auf der von seiner geldgierigen Witwe organisierten Beerdigung. Nicht am Unfallort und auch nicht bei seinen Verwandten oder den spärlichen, verbliebenen Freunden. Es blieb also nur ein Ort. Und sie machte sich auf den Weg.

Er verweilte nun schon eine gefühlte Ewigkeit am Wasser. Wie er dorthin geraten war, war ihm unklar und was er eigentlich genau nun war, blieb auch im Dunkeln. Er kam sich vor, wie in einer anderen Welt, alles wirkte so verändert und irgendwie gegenstandslos. Er fühlte sich wie die kleinen Flocken, die von den Trauerweiden herab fielen, wenn sie blühten. Er war wieder zeitlos. Aber anders, als wenn er sich in seine Traumwelt flüchtete. Er war irgendwie leichter. Leichter und verwirrter.

Plötzlich nahm er etwas wahr. Über dem Wasser tanzte etwas. Es leuchtete und wirbelte. Er konnte es nicht genau erkennen. Es kam näher. Er fühlte sich wie magisch angezogen. Da erkannte er die langen, leuchtenden Haare, die sich um ein verschwommenes glitzerndes Gesicht drehten. Sie war es!

Er wollte seine Hand ausstrecken, aber da war nichts, kein Arm, keine Hand. Stattdessen glitt er auf sie zu. Umso näher er kam, umso intensiver wurde dieses einzigartige Gefühl. Und ihre Silhouette, ihr Wesen, wurde immer deutlicher.

Sie sah aus wie damals und sie war ebenso durchscheinend körperlos wie er. Sie glitten aufeinander zu. Umringten einander, flossen ineinander. Verbanden sich zu einer kleinen Wolke. Einem kleinen Wirbel aus purer Energie des Glücks.

Manchmal kann es etwas dauern, bis sich zwei Seelen wiederfinden. Aber wenn sie es schaffen, verharrt die Zeit einen Moment, hält inne und lächelt.

Für R.

Der Wind brauste über das Gras, so dass es sich zu kleinen Wellen kräuselte. Langsam ging er zurück zum Haus, den Blick zum Boden gesenkt. Es begann zu nieseln. Ein weiterer grauer Tag verabschiedete sich. Er hob die niedergeschlagenen Augen, um über seinen Garten zu sehen. Ließ den Blick über die Nistkästen am Rand seines Grundstücks schweifen und verharrte am Pavillon. Wie viele Partys hatten sie hier gefeiert. Wie viel Freude hatten sie hier gehabt. Doch jetzt war es einfach grau. Der Grill war schon lange verwaist und die Steinplatten waren nun modrig und glitschig. Lange schon hatte kein Fuß sie mehr berührt.

Er wendete sich ab, ging weiter und erreichte das Haus. Sein Pullover war feucht und es fröstelte ihn. Es war ein grauer schlechter Tag. Vielleicht würde er bald eine Lungenentzündung bekommen und sterben. Dann hätte das Ganze wenigstens endlich ein Ende. Er ließ sich in seinen Sessel fallen und warf einen Blick auf die Fische. Das Wasser des Aquariums war mittlerweile so graugrünlich wie seine Stimmung und nur ab und an sah man einen Fisch direkt am Glas vorbei schwimmen. Er schloss die Augen.

Plötzlich klingelte das Telefon. Träge erhob er sich und ergriff beim sechsten Klingeln den Hörer. Ein kurzes Gespräch, dann legte er auf. Ein kleines Lächeln huschte über sein Gesicht.

Ein kleiner Lichtblick. Ein kurzes Gespräch mit einem längst vergessenen Freund. Er würde vorbei kommen in den nächsten Tagen. Er bräuchte Hilfe. War es Zufall oder eine Fügung des Schicksals. Gerade erst vor ein paar Tagen hatte er an ihn gedacht, seinen damaligen besten Freund. Sie waren Teenager gewesen, hatten gemeinsam Sport gemacht, einander immer wieder übertroffen und gemeinsam trainiert. Dann war alles irgendwie auseinander gebrochen. Und nun war es etliche Jahre her. Entfernte Vergangenheit. Fast schon unwirklich.

Er schloss einen Moment lang die Augen und sah Bilder an sich vorbei ziehen. Von ihnen gemeinsam. Es war schön gewesen. Er begann sich zu freuen. Er freute sich auf den Besuch. Das war lange nicht mehr geschehen.

Es dämmerte bereits, als er das Auto in der Einfahrt hörte. Er war aufgeregt. Musste sich erst kurz sammeln, bevor er hinaus gehen konnte. Er würde so gerne so vieles sagen, so vieles zeigen. Aber er wollte ihn auch nicht verschrecken. Nervös verließ er das Haus, passierte den Rand seines Teiches und ging über den regennassen Steinweg zu seinem Gast.

Ein Handschlag, wie bei Männern üblich. Bloß keine Schwäche zeigen, auch wenn man am liebsten schreien möchte, weil es einen alles so bedrückt. Sie gingen zur Werkstatt hinüber. Langsam, obwohl es regnete. Wohlwollend stellte er fest, dass sein Freund alles wahrnahm. War es noch sein Freund, nach all den Jahren, nach all der Zeit? Er brauchte so dringend einen guten Freund und damals waren sie sich so nahe gewesen. Jedoch nichts überstürzen. Gelassen bleiben, unbeteiligt bleiben. Er ermahnte sich zur Ruhe. Das mitgebrachte Holzstück würde sich nicht so einfach reparieren lassen, aber es würde schon irgendwie gehen. Es war nebensächlich.

Von Minute zu Minute blühte er mehr auf. Begann alles zu zeigen. Seine Werkstatt, seinen ganzen Stolz. Seine unglaublichen Maschinen. Seine kleinen Erfindungen und seine großen Stärken. Plötzlich merkte er, wie das Leben in ihn zurück floss und das graue Nichts sich langsam aus seiner Seele verzog. Er zeigte, präsentierte und lächelte immer wieder. Nicht aufgesetzt, sondern aus sich heraus. Aus seinem Innersten. Ein bisschen Lebensfreude schlich sich langsam zurück in sein Herz. Selbst der kritische Punkt in seinem verlassenen Büro, in dem die Zeit stehen geblieben zu sein schien, riss ihn nicht herab.

Er strich liebevoll mit seiner Hand über den Schreibtisch und erzählte, wie alles gekommen war und ein bisschen von dem was auf seinem Herzen lastete. Es tat gut. Als sein Besuch später davon fuhr, sah er ihm nach und verspürte seit langem wieder einen kleinen Stich der Sehnsucht nach Menschen.

Der Regen durchnässte ihn, wie er so dastand und vor sich hin sinnierte. Langsam perlten die Tropfen über sein Haar und liefen in sein Gesicht, als wären es Tränen. Ein starker Mann weint nicht.

Er drehte sich herum, ging zurück in seine verlassene Werkstatt und begann etwas, was er schon lange nicht mehr getan hatte.

Einige Zeit war vergangen, aber die Energie war geblieben. Er hatte wieder Ideen, er begann Träume zu entwickeln. Es war nicht mehr aussichtslos. Die Situation war verfahren, die Karre im Dreck, aber es gab Hoffnung, zumindest ein ganz kleines bisschen. Er fühlte sich gut, wenn er morgens im Bett das erste Mal die Augen aufschlug. Er schlief zwar immer noch jeden Abend viel zu spät und völlig übermüdet mit all den Sorgen ein. Aber der Morgen wurde von Tag zu Tag freundlicher und heller.

Er begann darüber nachzudenken, was genau mit ihm passiert war. Was hatte diese Wesensänderung herbeigeführt. War es dieser Besuch gewesen? Die Erinnerungen an damals? War es dieser Mensch gewesen? Oder dieser Moment des ganzen Zusammenspiels? Er wusste es nicht. Aber er war dankbar, dafür, dass es so war, wie es jetzt ist.

Er arbeitete jetzt wieder regelmäßig in seiner Schreinerei. Jede Menge neuer Ideen sprudelten nur so aus ihm heraus. Die alte Schultafel, die er gerne für seine Gedankengänge nutzte, war übersät von neuen Zeichnungen und Skizzen. Er rief seinen ehemaligen Tischler zurück in den Dienst. Sie beide waren wieder ein Team und begannen seine Ideen in Holz zu formen. Sein Mitarbeiter hatte Spaß an der Sache, tat den Job gern und brachte Leben zwischen die alten Maschinen und die verstaubten Hobelspäne. Auch er selbst gewann sein Lächeln zurück. Er hatte wieder große Pläne. Ein Strahlen und Knistern mitten in seiner Brust.

Aber manchmal hat es das Schicksal anders vorgesehen.

Während sie beide gerade einem alten restaurierungsbedürftigen Bauernschrank am Computer nachspürten, strahlte und knisterte es wieder in seiner Brust. Diesmal jedoch irritierend real. Ein tiefer sogartiger Schmerz durchfuhr ihn. Er blickte auf. Ein Lächeln flog über sein Gesicht. Sollte es das jetzt gewesen sein. Der ganze Stress, der ganze Aufwand, all das Leid und all die Aufregung, um jetzt hier zu verrecken. Am liebsten hätte er gelacht, kippte aber in diesem Moment vom Stuhl, während der Schmerz in seinem Oberkörper hart strahlte. Leise, wie hinter Watte hörte er seinen Mitarbeiter aufschreien. Er hörte sich selbst auf den Boden aufschlagen. Dann hörte er nichts mehr.

Es war vorbei.

Oder war es erst der Anfang.

Langsam blickte er herab, schwebte über der Situation, wie ein Unbeteiligter. Unter ihm lief der Film ab. Rettungssanitäter eilten an seinen Körper. Sein Mitarbeiter stand hilflos da. Ein Notarzt, der versuchte, was möglich war. Das Herz, es ist das Herz, drangen leise Rufe an ihn heran. Alle wirkten so aufgeregt. Aber keiner von ihnen nahm ihn wirklich wahr. Er überlegte kurz, ob er wieder hinunter kommen sollte, ihnen sagen sollte, dass alles nicht so schlimm sei. Dass er sich verdammt gut, ja wirklich, schwerelos und frei fühlte, aber irgendetwas hielt ihn ab und erregte seine Aufmerksamkeit.

Draußen, über dem Rasen, bewegte sich etwas. Er schickte seine komplette Aufmerksamkeit dorthin und war im Bruchteil einer Sekunde außerhalb seines Hauses und schwebte mitten über einer grünen verwilderten Fläche aus Unkräutern und viel zu langem Gras. Er war so federleicht und frei, ohne jegliche Last, jedoch mit einer Art von Wehmut an das Leben, das hinter ihm lag.

Da war es wieder, über den Gräsern kräuselte sich etwas in der Luft. Langsam glitt er darauf zu. Er kannte sie. Sie hatten sich ewig nicht gesehen. Wie auch, da sie schon etliche Jahre tot war. Interessanterweise auch an einer Herzsache gestorben, ob das jetzt wichtig war, wusste er jedoch nicht. Sie sah aus wie damals, als sie sich kennengelernt hatten. Nur viel lichter und durchscheinender. Komischerweise war er nicht im mindesten irritiert. Sie lächelte ihn an und reichte ihm ihre nebelartige Hand. Sie wollte ihn abholen. Niemals hätte er so etwas erwartet. Weder seinen Körper zu verlassen, noch abgeholt zu werden und dann gerade von ihr.

Während er auf sie zu glitt, begannen die Vögel rund um ihn herum zu zwitschern. Dann erhoben sie sich und flogen allesamt davon, Als kleines Gefolge zweier Seelen, die sich vom Wind tragen ließen.

Noch Tage danach war kein Vogel in der gesamten Umgebung zu hören. Es war merkwürdig still und verlassen.

Das Käuzchen

Es war Marys vierter Versuch. Eigentlich nichts Besonderes, wenn man die anderen reden hörte. Aber dennoch setzte es Mary zu. Sie befand sich durchgehend zwischen Sorge, Hoffnung, Ängstlichkeit und Zuversicht. Wobei sie sich körperlich eigentlich enorm stark fühlte. Sie war gesund und fit. Das einzige Problem, schien es, war ihr Alter.

Ab 35 war man Risikoschwangere und mit über 40 sank die Chance, mit einem gesunden Baby schwanger zu werden, stetig. Sie hätte niemals so lange warten dürfen, das war ihr jetzt klar. Aber ein guter Job nach der langen Ausbildung war von ihrem Umfeld erwartet worden und dann gleich schwanger werden mit dem erst besten neuen Partner, das wollte sie wiederum nicht. Irgendwie denkt man dann doch altmodisch und möchte ein Baby mit dem Mann, mit dem man den Rest seines Lebens verbringen will.

Es hatte etwas gedauert, ihn zu finden und sie war stetig älter geworden. Jetzt, wo sie beide zueinander gehörten und sich für eine kleine Familie entschieden hatten, klappte es nicht. Wobei es erst unglaublich gut aussah. Sie war gleich, ein halbes Jahr nach Absetzen ihrer Pille schwanger geworden. Aber es hatte sich nur knapp zwei Monate entwickelt, dann ging es ab. Mary war unglaublich traurig gewesen.

Sie hatte sich alles schon ausgemalt, das Kinderzimmer, die Tapete darin, mit lustigen kleinen Tieren...

Womit sie jedoch nicht gerechnet hatte war dieser Abgang. Klar, sämtliche Ratgeber und auch ihre Frauenärztin hatten ihr immer wieder vorgebetet, dass vor dem Ende des dritten Monats nichts sicher war. Aber wenn man nach langem Warten plötzlich einen positiven Schwangerschaftstest in Händen hält, möchte man diese ermahnenden Worte nicht hören.

Das zweite Mal dauerte länger, was eigentlich eher untypisch war, laut ihrer Frauenärztin. Aber vielleicht hatten sie einfach zu viel Stress um die Ohren. Über ein Jahr dauerte es, bis sie wieder in anderen Umständen war. Diesmal versuchte sie locker zu bleiben und sich erst auf das Baby zu freuen, wenn es über den dritten Monat hinaus, bei ihr blieb.

Zur Mitte des vierten Monats verabschiedete sich Leonid, den sie nach einem Sternschnuppenregen hatte benennen wollen. Sie war unglaublich traurig. Stellte sich immer wieder Fragen, was sie falsch gemacht hatte, abgesehen von einer Schwangerschaft in ihrem Alter. Wobei ihre Frauenärztin immer wieder versicherte, dass es damit keinen wirklichen direkten Zusammenhang gäbe.

Nummer drei wurde im nächsten August gezeugt und hielt sich ganze zwei Monate, bis es entschied zu gehen. Mary nannte es heimlich Auguste und verabschiedete sich ohne Worte von dem kleinen Zellhaufen.

Nun war sie wieder schwanger. Die Aufregung der ersten Male war verflogen und nur noch die immer sich wechselnden Gefühle der Hoffnung und Angst waberten durch ihren Körper. Bis sie eines abends im Bett den drängenden Wunsch verspürte, einen kleinen Spaziergang zu machen.

Ihr Partner war zur Arbeit gefahren, er hatte Nachtdienst. Sie war ganz allein. Langsam stand sie auf und ging zum Fenster. Schon damals, als sie mit Leonid schwanger war, hatte sie oft in die Sterne geschaut, wann immer der Himmel wolkenfrei war. Heute war ein ebenso klarer Abend. Etliche Sternbilder leuchteten am Himmel. Sie drehte sich um, zog sich an und verließ langsam das Haus. Im Garten setzte sie sich auf einen der alten Gartenstühle und beobachtete die Sterne.

Plötzlich hörte sie einen altbekannten Ruf in der Dunkelheit. Erst leise, dann flog es heran und rief laut in die Nacht hinein. Das Käuzchen war wieder da. Sie waren selten geworden, aber hier auf dem Dorf, wo es noch viele alte Bäume und Scheunen gab, schienen sie sich wohl zu fühlen.

Es mussten wohl mindestens zwei sein, denn als sie Auguste in sich trug, hatte sie zwei gegeneinander schimpfende Stimmen gehört. In diesem Moment merkte sie auf. Sie hatte immer die Käuzchen gehört, bei jeder Schwangerschaft und immer, kurz bevor es vorbei war. Als wenn diese kleinen Eulen es ankündigten. Oder riefen sie womöglich die kleine ungeborene Seele zu sich. Mary stockte kurz der Atem. Dann jedoch entspannte sie sich. Sie konnte es eh nicht ändern, wenn dieses Kind auch nicht bleiben wollte.

Bei Leonid hatten sie damals alles versucht, aber auch die Ärzte im Krankenhaus sind keine Götter.

Während der laute Ruf des Käuzchens durch den Garten schallte, lehnte sie sich zurück und begann zu sprechen, ohne den Mund zu öffnen, einzig über ihre Gedanken und Gefühle. Sie nahm Kontakt auf zu dem kleinen Kauz und auch zu dem kleinen Zellbündel in sich drin. Sie hätte sich niemals selbst für so spirituell gehalten. Aber die Situation verlangte es einfach von ihr und sie tat, was nötig war.

Eine große Ruhe durchströmte sie. Es war angenehm. Doch irgendwie drängten sich Sorgen dazwischen. Wurde sie langsam verrückt? Sie war doch sonst nie spirituell gewesen. Sie interessierte sich für Fakten und Zahlen. Eigentlich. Sie hatte vor einiger Zeit, als sie das erste Mal die Käuzchen gehört hatte, im Internet nachgeforscht und war über einen seltsamen Volksglauben gestolpert, der unter den wissenschaftlichen Texten stand. Naturgemäß hatte sie ihn nur überflogen.

Er besagte, dass der Ruf des Käuzchens einen baldigen Toten ankündigen würde. Was wiederum wissenschaftlich erklärt wurde, durch die Tatsache, dass viele Käuzchen sich gerne in der Nähe der Friedhöfe aufhalten würden und somit ihr Ruf auch dem Tode nahe war.

Aber was, wenn doch etwas anderes hinter dem alten Volksglauben steckte. So albern es klang, aber sie hatte die Käuzchen immer kurz vor den Schwangerschaftsabbrüchen gehört. Und auch immer nur dann. Obwohl sie gerne und oft kleine Abendspaziergänge machte oder die Sterne beobachtete, war ihr nie der Käuzchenruf entgegen geschallt. Außer eben an diesen drei sehr unterschiedlichen Abenden. Sollte es womöglich wirklich eine Verbindung mit der menschlichen Seele und den Käuzchen geben. Eine sehr wilde Spekulation.

Während sie in ihren Gedanken noch ganz weit fort war, unterbrach sie ein lautes Flattern.

Sofort war sie voll da und schaute gebannt auf die kleine Linde direkt ihr gegenüber. Ein kleiner Waldkauz hatte sich im fahlen Licht des fast vollen Mondes zu erkennen gegeben. Er saß nur wenige Schritte von ihr entfernt und schaute sie mit großen, etwas leuchtenden Augen an. Sie schaute ihn ebenso an und musste intuitiv lächeln. Ein Lächeln aus dem Herzen heraus, voller Wärme und Mitgefühl. Leise sprach sie ihn an und er antwortete mit einem zarten gurrenden Ton und bewegte den Kopf, ähnlich einem Nicken. Als wäre damit alles gesagt, spreizte er die Flügel und hob ab in die Mondschein helle Nacht.

Mary stand auf und ging langsam zurück zum Haus.

Sie wusste, diesmal würde es klappen. Sie hatte einen Segen für ihr ungeborenes Kind erhalten, der stärker war als die Arbeit aller Mediziner der Welt. Wissenschaft hin, Spiritualität her, das war in diesem Moment egal und unwichtig.

Der sich entfernende Ruf des kleinen Kauzes kribbelte ganz unten in ihrem Bauch.

Sie wusste, diesmal würde es gut werden.

Tabletten

Die Tabletten schmeckten leicht bitter, als sie sich in ihrem Mund auflösten. Phillippa nahm ein Glas Wasser und spülte nach. Sie wollte sie möglichst alle gleichzeitig schlucken. Sie wollte, dass es schnell vorbei war.

Aber erstmal passierte gar nichts. Irgendwie war Phillippa enttäuscht. Sie hatte es sich richtig dramatisch vorgestellt. Wie in alten amerikanischen Filmen. Sie hatte geplant, in dem Moment wo sie zu Boden gehen würde, auch ganz theatralisch den Handrücken an die Stirn zu halten. Aber es passierte rein gar nichts. Sie wartete. Setzte sich schließlich auf ihr Bett und wartete weiter.

Eigentlich war ihr Entschluss, sich das Leben zu nehmen, ziemlich durchdacht und schon lange geplant. Sie hatte einfach keine Lust mehr, auf ihre Mutter, die sich immer mit allem in den Vordergrund drängte. Keine Lust mehr auf die Schule oder womöglich spätere Ausbildung. Keine Lust mehr auf den ganzen Scheiß.

Den ganzen Mist hatte sie nun 14 Jahre mitgemacht. War meistens ein braves Mädchen gewesen. Hatte nur wenig Prügel bezogen, meist von einem der gerade aktuellen Stiefväter.

Und sie war überzeugt, dass dieses schon so rundum langweilige mit ständigen Pflichten ausgelastete Leben kaum zu toppen war. Deshalb hatte sie an einem dunklen Freitag, er war wirklich dunkel gewesen, nämlich Regenwolken verhangen, beschlossen, dem Ganzen ein Ende zu bereiten.

Und damit es ein spektakuläres Ende würde und sie ihrer dämlichen Mutter nochmal so richtig eins auswischen könnte, hatte sie beschlossen, das ganze mit ihrem Handy aufzuzeichnen. Wenn sie Glück hatte, würde das Video tatsächlich der Polizei in die Hände kommen und dann hätte ihre dumme Mutter nichts mehr zu lachen. Denn sie hatte bereits einen wunderbaren Text in die Kamera gesprochen, der wenigstens dieses eine Mal, ihre Mutter aus dem Scheinwerferlicht zerrte und der ganzen Welt erklärte, warum sie es tun musste. Ihre Worte sollten ihre Mutter enttarnen. All ihr ständiges: „Ich habe immer alles getan für meine Tochter, immer alles nur für meine Tochter", sollte von den harten klaren Worten des Mädchens richtig gestellt werden.

'Mamilein' hatte offiziell immer alles für ihre Tochter getan, allerdings zumeist um selbst im Rampenlicht zu glänzen. Die aufopfernde, sorgenvolle Mutter. Selbstlos und in völliger Hingabe für ihr Kind, und in Wirklichkeit, ein rein egoistisches Monster, das ihre Tochter psychisch erdrückte und zwang, immer als die böse uneinsichtige Tochter dazustehen. Phillippa hatte es alles haarklein erklärt in dem Video, zahlreiche echt ätzende Beispiele aus ihrem Mutter-Tochter Leben beigesteuert und alles schon mal vorab gespeichert. Ihren Selbstmord würde sie jetzt als tragisches zweites Video direkt dahinter filmen, damit alle sehen konnten, wie ernst es war und vor allem, was für ein falsches Stück ihre Mutter war.

Es gab nur ein Problem, denn es passierte noch immer nichts. Dabei hatte sie alles genau geplant. Es war der richtige Tabletten Cocktail, die korrekte Anzahl der kleinen Kullerdinger und sie hatte extra nichts gegessen. Schließlich wollte sie nicht tot in ihrer eigenen Scheiße gefunden werden. Sie hatte ne Menge aus dem Internet gelesen und war fest der Meinung, niemand könnte ihr nun etwas vormachen. So wie Vierzehnjährige eben sind.

Hätte sie gewusst, dass mehr als die Hälfte der Foren Einträge absolut frei erfunden waren oder von äußerst dummen Menschen als falsche Wahrheiten oder gar vorgeschobene angeblich wissenschaftliche Lehrmeinung geschrieben wurden, hätte sie vielleicht nicht so eine Selbstgefälligkeit an den Tag gelegt.

Doch gerade diese Selbstgefälligkeit wurde langsam von Sorge abgelöst. Hatte sie irgendwas übersehen, irgendetwas falsch verstanden, etwas falsch gemacht. Sie begann zu zittern. Es passierte noch immer nichts.

Sie stand auf, ging zu ihrem in Aufnahmeposition abgelegten Handy und löschte das bereits aufgezeichnete Video, auf dem nichts weiter passiert war.

So eine verdammte Scheiße, dachte sie. Legte das Handy erneut auf seine Position und drückte auf Aufnahme. Stellte sich erneut vor die Kamera. Die leeren Pillenpackungen aufgefächert und vorwurfsvoll in der linken Hand. Dann wartete sie.

Sie hatte beschlossen bei dem Video ihres Todes kein Wort zu sagen, sondern nur mit weit geöffneten Augen und anklagendem Blick in die Kamera zu sehen. Alles was wichtig war, hatte sie bereits im ersten Video gesagt. Nun galt es nur noch völlig cool zu bleiben und es verdammt gut rüber zu bringen. Oder besser zu Ende zu bringen.

Plötzlich, es geschah noch immer nichts, war sie sich nicht mehr ganz so sicher. Sie hatte zwar alles geplant. Und es war auch bis hierher alles ziemlich gut gelaufen. Der Diebstahl der Pillen, das erste Video, der Brief, der per Post am Donnerstag die Polizei erreichen würde. Schließlich wollte sie nicht zu lange tot hier rumliegen. Und der Abschied bei all ihren wirklichen Freunden. Alles hatte wunderbar geklappt. Nur konnte und konnte sie irgendwie nicht sterben. Irgendwas funktionierte nicht.

Es fühlte sich eigentlich alles ein bisschen wie Theater an. Wie damals in der Schule, wo sie bei einem Theaterstück die Lisa gespielt hatte. Eine Rolle in einem Theaterstück. Eine einfache, simple Rolle, bei der sie am Ende starb.

Aber dies hier war kein Theater. Plötzlich wurde ihr ganz bewusst, das diese Spiel, diese Abrechnung mit ihrer Mutter, diese Rolle, ein ziemlich endgültiges Ende hatte. Am Ende würde sie echt tot sein. Nicht wie im Theater, nachdem der Vorhang wieder aufging, sich mit den anderen gemeinsam verbeugen. Nein, sie wäre dann real tot. Würde auf dem Boden liegen. Wenn sie Pech hatte, sich doch vollscheißen oder zumindest bepinkeln. Und definitiv ziemlich tot sein.

Es grummelte in ihrem Bauch. Dann piepte das Handy. Der Akku war fast leer. Die scheiß Videos fraßen eine viel zu große Menge Strom und an das verfickte Ladekabel, hatte sie nicht gedacht. Es lag unten im Wohnzimmer. Sie wurde nervös. Ging erneut zum Handy, löschte das letzte Video und startete alles erneut. Als sie nun zum dritten Mal vor der Kamera stand, mit den leeren Pillen in der linken Hand, kam sie sich fast albern vor.

Irgendwie war das nicht so, wie sie sich das vorgestellt hatte. Es lief anders als geplant. Und plötzlich hatte sie gar keine Lust mehr auf diese Rolle. Wie ein Blitz fuhr ein beschissener kleiner Gedanke in ihren Kopf und breitete sich flächendeckend aus. Sie wollte nicht sterben. Eigentlich hatte sie das nie gewollt. Eigentlich wollte sie nur, dass alles anders laufen würde. Mit ihrer Mutter und so. Sie dachte an ihre Freunde. Dachte an ihre ganze Aktion hier und irgendwie war ihr das alles plötzlich peinlich. Ihr Handy piepte erneut. Sie blickte in die Kamera. Nicht mehr selbstsicher und vorwurfsvoll und leidend. Sondern hilflos und ängstlich. Ja, sie bekam plötzlich Angst.

Mit Schwung warf sie die Tablettenpackungen aufs Bett, lief zu ihrem Handy, stoppte das Video und obwohl sie wusste, dass sie eigentlich keine Zeit hatte, ließ sie es abspielen. Ihr vorwurfsvoller Blick. Die Verwirrung. Sie war ganz weit weg, in Gedanken. Dann ihr erneuter Blick in die Kamera. Angst.

Das Handy piepte erneut. Vor Schreck ließ sie es fallen. Sammelte es sofort auf und wollte irgendwen anrufen. Doch wen ruft man an, wenn man Tabletten geschluckt hat, um zu sterben.

Der Akku war fast leer.

Sie starte das Telefon an und überlegte wie wahnsinnig.

Schließlich wählte sie die erste Nummer , die sie sah. Doch bei ihrer besten Freundin ging nur die scheiß Mailbox ran. Auch ihr bester Kumpel war nicht zu erreichen. Das Handy piepte bedrohlich. Nein, ihre Mutter würde sie nicht anrufen. Stattdessen wählte sie die Nummer der Polizei. Doch bevor sie Ihren Namen oder ihre Adresse nennen konnte, war das Handy tot. Der Akku hatte aufgegeben. Einen Moment später rauschte ein krampfartiger Schmerz durch ihren Körper. Sie musste sich übergeben, pinkelte gleichzeitig ein und ging zu Boden. Dort begann sie sich in immer stärkeren Krämpfen zu winden. Irgendwann zwischen Kotzen und allumfassenden Schmerz, verlor sie gnädigerweise das Bewusstsein.

Ungefähr vier Tage später kam sie zu sich. An mehrere Schläuche angeschlossen, in einem weißen Klinikbett, umgeben von piepsenden Geräuschen. Als ihre Augen sich langsam an das helle Licht ihrer Umgebung gewöhnten, durchflutete sie ein Woge der Dankbarkeit. Sie lebte noch. Scheiße man, sie war noch am Leben.

Die Polizei hatte kurz nach ihrem Anruf die Nummer zurückverfolgt, eine Streife zur angegebenen Adresse geschickt und sie bewusstlos in ihrem Zimmer vorgefunden. Dann war schnell gehandelt und ihr kleines Leben mit allen medizinischen Hilfsmitteln festgehalten worden. Fast vier Tage hatte sie im Koma gelegen, und jetzt war sie zurück. Und sie war froh darüber.

Als sich jedoch ein scheinheilig besorgtes Gesicht über sie beugte, verflog ihre Dankbarkeit und Wut baute sich auf.

Ihre Mutter säuselte ihr zu, sprach voll aufgeblasener Sorge den herein kommenden Arzt an und vermerkte im selben Atemzug, dass es ihr selbst ja so furchtbar ginge, schon seit Jahren. Auch wegen dieses undankbaren Kindes. Und ihre eigenen Schmerzen, unermesslich, man müsse mit ihr, der aufopfernden Mutter Mitleid haben, in dieser schrecklichen Situation. Gerade jetzt spüre sie wie ein neuer schrecklicher rheumatischer Schub sich nähere, und so weiter und so weiter.

Hätte Phillippa sich bereits äußern können, hätte sie laut geschrien und mit irgendwas um sich geworfen. Zumindest hätte sie gerne die Augen verdreht. Aber noch konnte sie nur Stöhnen.

Also stöhnte sie so laut und lange es ging.

Der freundliche Arzt schob ihre so furchtbar kranke und bemitleidenswerte Mutter beiseite und tastete Phillippa vorsichtig ab. Dabei sah er tief in ihre Augen und verstand.

Er komplimentierte ihre Mutter innerhalb weniger Sekunden nach draußen, vor die Tür, schloss diese und griff zum Telefon neben dem Bett.

Nur Sekunden später hörte man die laute Stimme von Phillippas Mutter auf dem Gang. Sie sei nicht das Problem, sondern ihre Tochter sei ganz selbst Schuld. Eine sanfte männliche Stimme antwortete klar und bestimmt, dass sie sich genau darüber jetzt gemeinsam unterhalten würden.

Der Arzt, der noch immer Phillippas Befunde prüfte, sah zu ihr hinüber und lächelte.

»Machen Sie sich keine Sorgen«, sagte er. Langsam zog er ihr Handy aus seiner Kitteltasche und legte es auf ihren Beistelltisch.

»Ich wollte mich nur noch einmal absichern. Ihre Mutter bekommt vorerst absolutes Besuchsverbot bei Ihnen und professionelle psychiatrische Hilfe, eventuell wird eine Einweisung nötig. Ich denke, dass wird in ihrem Sinne sein.«

Dankbar sah sie ihn an und schloss mit einem angedeuteten Lächeln die Augen.

Vielleicht würde doch alles gut werden.

Der Panzer

Er hatte ein Faible fürs Militär, für Geschichte, Geografie und Geologie. Aber wen interessierte das schon? Und was half das ganze gesammelte Fachwissen, wenn einem keiner mehr zuhörte? Er war mittlerweile alleine. Seine Frau war vor einigen Jahren gestorben und mit ihr ein großer Teil in seinem Herz. Denn was viele nicht wussten, sie war seine Stärke im Hintergrund gewesen. Hatte ihm immer den Rücken frei gehalten, alle Sorgen mit ihm geteilt und ihn zu dem starken Menschen gemacht, den er nach außen präsentierte.

Seit sie fort war, versuchte er zwar äußerlich der Gleiche zu bleiben, aber nur mit mäßigem Erfolg. Außenstehende waren zwar der Meinung, dass der Tod seiner Frau diesen harten Kerl nur noch unausstehlicher gemacht hätte. Aber sie hatten alle keine Ahnung, wie es in ihm drin aussah. Hinter seinem harten undurchdringlichen Panzer steckte ein unglaublich weicher feinfühliger Kern. Eine zarte Seele, die nun ohne ihre Seelenverwandte ganz allein auf der Welt zu sein schien.

Er hatte kaum noch richtig Lust, sich jeden Morgen mit dem Alltäglichen zu befassen. Seit er in Rente war, gab es nicht einmal mehr den Zwang aufzustehen und der Arbeit nachzugehen. Also blieb er manchmal einfach liegen. Schloss die Augen und dachte an seine Frau. Manchmal holte er sie vor sein inneres Auge und sprach leise mit ihr. Es war das Einzige was ihm noch etwas Freude bereitete.

Kinder hatten sie nie gehabt. Damals vermisste er das kaum. Seine Frau hatte allerdings leise und unscheinbar darunter gelitten, aber sich dennoch nie darüber beschwert. Jetzt, wenn er so alleine im Bett lag und mit ihr sprach, realisierte er, was sie beide damals verpasst hatten und war traurig darüber, dass nichts von ihnen beiden bleiben würde.

Eines kühlen Nachmittags klingelte das Telefon und einer seiner ehemaligen Schüler war am Apparat. Es war das erste mal seit langem, dass sich jemand Fremdes wieder für ihn interessierte. Der junge Mann am anderen Ende der Leitung studierte mittlerweile und hatte ein paar fachliche Fragen an ihn. Aus dem kurzen Telefonat wurde ein langes. Darauf folgten immer wieder neue kleine und große Telefonate und einige Wochen später trafen sie sich sogar.

Hätte er jemals einen Sohn gehabt, hätte er sich so einen jungen Mann wie diesen gewünscht. Wissbegierig, freundlich und alles andere als dumm. Er genoss die Gespräche mit dem jungen Mann. Freute sich richtig auf diese kleinen seltenen Termine. Sein Wissen sprudelte aus ihm heraus und fand endlich einen dankenden Abnehmer. Mehr und mehr kam der Lebensmut zu ihm zurück. Er verspürte wieder Freude und auch Wut, wenn zum Beispiel der Briefträger mal wieder falsche Post eingeworfen hatte. Die allgemeine Lethargie verschwand und er nahm nach und nach wieder richtig am Leben teil.

Nur noch ab und an nahm er an stillen Abenden oder auf dem Friedhof, Kontakt zu seiner Frau auf. Erzählte ihr von den kleinen und großen Erlebnissen des Tages und von dem jungen Mann, den er so mochte.

Seine Frau, die ohne dass er es wusste auf einer anderen Ebene, immer in seiner direkten Nähe weilte, verstand ihn gut. Da eine freie Seele wohl nicht direkt Freude empfinden kann, muss es wohl etwas anderes, ähnliches gewesen sein. Jedenfalls strich sie sanft als Ausdruck dieses unwirklichen Lächelns ihrerseits über seinen Handrücken. Es war schön, ihn wieder glücklich zu sehen.

Er hatte einen zarten Windhauch auf seiner Hand gespürt. Obwohl das Fenster verschlossen war und er ganz ruhig auf seinem Bett lag. Eine Träne rann langsam über sein altes Gesicht. Er hatte verstanden. Sie war bei ihm. Er lächelte. Irgendwann würden sie wieder richtig zusammen sein.

Aber das hatte noch Zeit.

Das wusste er nun. Sie würde auf ihn warten.

Fliegen

Sie war häufig und lange geflogen. In den unterschiedlichsten Flugzeugen, über die verschiedensten Strecken des Kontinents.

Der Moment, in dem die Maschine vom Boden abhob und ihren schwerfälligen Körper langsam in die Luft katapultierte, war ihr am liebsten gewesen. Es hatte immer ein kleines Kribbeln in ihrer Magengegend verursacht. Genau so ein Kribbeln wie damals der Anblick von Robert. Ihr Herz hatte immer wild geklopft, wenn sie sich sahen. Ihr Magen hatte sich zusammengezogen und es war ihr immer unmöglich gewesen, etwas zu essen. Sie hatte nicht nur für Robert geschwärmt. Sie hatte ihn angebetet. Und er sie auch.

Robert war verheiratet, hatte eine Tochter und ein kleines Haus am Rande einer Stadt. Aber dennoch war er nicht glücklich. Die Ehe war eine reine Vernunftehe, die seine Eltern arrangiert hatten und er hatte sich ergeben, viele Jahre lang in sein Schicksal gefügt. Bis eines Tages Isolde in seine Arme stolperte. Er hatte an einer Fußgängerampel gewartet. Es lag Schnee. Sie war unaufmerksam gewesen, hatte während des Gehens in ihrer Handtasche nach etwas gesucht, war auf ihren hohen Schuhen ins Rutschen geraten und ihm geradewegs in die Arme gefallen.

Dieser kurze Moment, in dem sie einander in die Augen blickten, hatte in ihnen beiden etwas ausgelöst, was schwer zu beschreiben ist. Es schien fast so, als hätten sich in diesem eigentlich zufälligen Moment zwei Menschenseelen gefunden, die sich lange gesucht hatten. Und beide wussten intuitiv, dass sie einander nie wieder verlieren durften.

Eine gewisse Zeit lang war das Schicksal ihnen gnädig. Sie trafen sich heimlich. Gingen manchmal im Abend dunkel gemeinsam spazieren und trauten nur, sich an den Händen zu berühren, wenn nichts und niemand sie sah. Irgendwann reichte er die damals noch sehr komplizierte Scheidung ein und hielt offiziell um ihre Hand an.

Sie heirateten in Weiß in einer kleinen Kirche und im kleinen Kreise von Freunden und Verwandten. Alles hätte so wunderbar sein können, wäre Robert nicht eines Tages, einfach so, verstorben.

Isolde hatte wie ein Geist an der Beerdigung teilgenommen und war dann tagelang in ihrer gemeinsamen Wohnung geblieben. Sie versuchte den Schmerz zu besiegen. Weinte ungeniert. Wurde wütend und zerstörte gemeinsame Andenken. Dachte über Selbstmord nach. Und weinte wieder. Manchmal nächtelang. Sie war wieder so unglaublich allein. Es war, als hätte sie einen Teil ihres Selbst verloren.

Die Tage kamen und gingen und eines schönen Morgens öffnete sie wieder die Tür. Sie hatte einen Entschluss gefasst. Sie wollte weiter machen.

Sie griff ihre Handtasche und machte sich zu Fuß auf den Weg in die Stadt. Sie ging in das erste Reisebüro, dass sie fand und setzte sich an einen der kleinen freien Beratungstische. Kurz darauf eilte eine kleine, freundliche Frau zu ihr, setzte sich ebenfalls und fragte nach ihrem Reisewunsch. Isolde überlegte nicht lange und bat um eine Reise nach Casablanca. Sie und Robert hatten den Film gerne gesehen. Das war ihr einziger Anhaltspunkt. Nach einiger Zeit verließ sie das Reisebüro mit einem großen Umschlag, in dem sich alle ihre Reiseinformationen und zwei Flugtickets verbargen.

In etwa vier Wochen würde es losgehen. Bis dahin ging sie wieder normal zur Arbeit und nahm am alltäglichen Leben teil, wenn auch etwas stiller als sonst.

Ein paar Tage vor dem Abflug setzte sie sich abends ans große Küchenfenster, blickte hinaus in die Sterne und nahm Kontakt zu Robert auf. Erst stockend und schließlich redete sie wie ein Wasserfall, hörte in Gedanken seine Antworten und sah in den Sternen sein Lächeln, dass sie so sehr vermisst hatte. Sie erzählte ihm von ihrer Reise und von seinem eigenen Ticket. Er sollte immer dabei sein, mitfliegen und all die Dinge entdecken, die sie immer entdecken wollten. Ein lautes Geräusch unterbrach sie. Sie schwieg und horchte auf, etwas peinlich berührt, dass womöglich jemand im Treppenhaus sie hatte reden hören. Doch da war nichts. Nichts, bis auf ein leises Säuseln, das vom Fenster her kam. Sie rückte näher heran und versuchte das Geräusch zu orten. Ein leises Flüstern kam von draußen. Langsam öffnete sie das Fenster und die kalte Abendluft quoll herein. Sie horchte weiter und vernahm ein Summen, das zu einem Flüstern wechselte. Zwar nur sehr leise, aber sehr klar. Es war Robert.

Erstaunt hörte sie zu.

Am Morgen ging sie als allererstes zum Reisebüro und wartetet bis die nette kleine Dame frei war. Als sie an der Reihe war, legte sie Roberts Flugschein auf den Tisch und bat um einen Umtausch. Einen Umtausch in einen anderen Flug, sechs Monate später. Die freundliche Dame war etwas erstaunt, stornierte jedoch die Buchung und buchte um auf eine Reise zum Zuckerhut in Südamerika.

Am Morgen ihres Fluges nach Casablanca stand sie mit ihrem kleinen Gepäck zeitig am Flughafen. Ein Schauer lief ihr über den Rücken, als sie die Flüge auf der Abflugtafel betrachtete. Ein Hauch strich über ihren Nacken und sie schauderte. Leise hörte sie wieder Roberts Stimme, als ein zartes Flüstern über all den Lärm hinweg. Nach Casablanca und dem Zucherhut würde es nach Mailand gehen. Sie lächelte. Nahm ihren Koffer und ging zum Checkin.

Irgendwann wäre sie am Ende ihrer Reise.

Aber bis dahin gab es noch so viel zu entdecken für sie und Robert, der in Gedanken immer an ihrer Seite war.

Mit dir bis ans Ende der Welt

Es gibt Menschen, die man sexuell attraktiv findet. Es gibt Menschen, die man unheimlich gerne hat und die einem sehr nahe stehen.
Aber es gibt noch etwas anderes.

Etwas Höheres.

Etwas, das unheimlich schwer zu beschreiben ist.

Vielleicht eine Art innere Anziehungskraft. Eine gewisse Verwandtschaft der eigenen beiden Seelen. Oder doch eher das Gegenstück der jeweiligen anderen Seele?

Es ist schwer zu ergründen. Denn es ist ein tiefes Gefühl, verborgen irgendwo mitten drin in einem Körper. Vielleicht ist es im Herz, oder irgendwo in der Nähe des Herzens. Etwas mehr in der Körpermitte, unten mittig zwischen den Lungenflügeln, die es umschließen und sich bei jedem Atemzug bewegen, wie die Flügel eines höheren Wesens. Ein Gefühl der Wärme, eine Verbindung der stärksten Zuneigung. Ganz schlicht:
Mit dir, bis ans Ende der Welt...
Der Wagen brummte, heulte kurz auf und verstummte nach einem kurzen blubbernden Geräusch. Es hatte nicht gut geklungen. Sie schau-

te zum Himmel, in die gleißende Sonne. Der Schweiß ran über ihre Stirn und tropfte in regelmäßigen Abständen in ihre Brille. Sie schmeckte das Salz ihres Körpers und schloss die Augen. Das Wasser würde nur noch für einen oder zwei Tage reichen. Dabei waren sie sehr gut ausgerüstet gestartet. Hatten reichlich Wasserreserven an Bord. Sogar mehr als die offiziell vorgeschriebenen Liter. Doch langsam ging es zur Neige. Sie saßen nun schon einige Tage hier fest. Unweit einer steinigen staubigen selten befahrenen Piste im australischen Outback. Irgendwo nordöstlich von Leonora. Der Notfunksender, der zum Rettungspaket gehörte, schien zwar zu senden, doch bisher hatte anscheinend niemand ihren Hilferuf gehört, geschweige denn, Kontakt zu ihnen aufgenommen. Vermutlich waren die, die normalerweise den Notfunk abhörten, gerade selbst in Schwierigkeiten oder bereits mit der Bergung anderer beschäftigt. Denn der Sturm mit den extremen Gewitter Schüben war lange und anhaltend gewesen. Sie hatten relativ viel Glück gehabt und bis auf die verwüstete Piste und den Schaden am Wagen wenig abbekommen. Aber man hatte immer wieder sehen können, welche Unwettermassen sich über den Westen wälzten und man hatte die ständigen Blitzeinschläge verdammt gut sehen können. Wer weiß, wie es momentan in Leonora oder am Highway aussah. Unwetter im Outback konnten manchmal sehr verheerend sein, mit tagelang unpassierbaren Pisten oder Schlimmerem. Sie waren also auf sich alleine gestellt.

Er kam ums Auto herum, strich ihr sanft über die Haare und ließ sich neben sie in den Schatten des Wagens gleiten. Er war Schweiß durchtränkt und hatte sich seit Tagen nicht waschen können. Aber er war da und sie waren zusammen. Das, und nichts anderes zählte.

Er legte seine Hand auf ihre. Sie würden jetzt einfach warten müssen. Zumindest bis die Tageshitze abgeflaut war. Dann würde er es erneut versuchen. Die Chancen standen schlecht. Zumal die Piste schlimm verwüstet war und nahezu unpassierbar aussah. Aber zu Fuß hätten sie noch weniger eine Aussicht auf Rettung. Und sie mussten in der Nähe des Autos bleiben. Ihre einzige Überlebensmöglichkeit.

Sie betrachtete nachdenklich den unaussprechlich wunderbaren Sternenhimmel, als plötzlich der Motor anlief. Holperig, aber er lief. Sie sprang auf. Schaute ihn fragend an. Er lächelte und deutete mit öligen Händen Richtung Piste.

Sie wusste, was sie nun tun musste. Sie ging ihren bereits ausgespähten und vorbereiteten Zuweg voraus. Er folgte ihr vorsichtig mit dem Wagen. Der alte Weg war unpassierbar geworden nach dem Sturm, daher hatte sie einen neuen finden müssen, während er den Wagen reparierte. Sie hatte den bestmöglichen Weg zur Piste nicht nur ausgekundschaftet, sondern auch Äste beseitigt, Steine davon gerollt und Löcher mit Erde aufgefüllt. Nun spürte sie ein kleines Kitzeln von Stolz in ihrem Magen, denn es schien zu funktionieren. Sie erreichten die Piste, die zwar in einem sehr schlechten Zustand, aber dennoch passierbar war. Sie ging weiterhin voraus, sicherte den Weg ab, durchwatete Wasserfurten, um die Tiefe zu kontrollieren und Hindernisse im Wasser aufzuspüren. Er folgte langsam. Sie bildeten ein perfektes Team, während die Morgensonne am Horizont aufging. Irgendwann wurde die Piste besser. Sie stieg zu, ließ sich auf den Beifahrersitz fallen und begann ihre schmerzenden Füße zu massieren. Er legte seine Hand auf ihre und drückte sie sanft. Sie lächelte und in ihrer Brust flatterten hunderte zarter Schmetterlinge.

Dies alles war so lange her.

Dann verschwamm das Bild mehr und mehr und es wurde langsam schwarz. In der Schwärze tauchte ein winziger Stern auf, der zu leuchten begann und nach und nach immer heller wurde. Er wuchs und strahlte immer mehr, bis schließlich alles gleißend hell war und sich ein Strudel bildete, der sie anzog...

Es war viertel nach sieben am Morgen. Das Zimmer war kühl und das Licht gedämpft von der langsam aufgehenden Sonne. Auf dem großen selbst gezimmerten Doppelbett lagen zwei menschliche Körper. Der eine 89, der andere 97 Jahre alt. Ihre Hände ineinander verschlungen. Die Körper waren leer.

Ein zarter Hauch lag im Raum, der in diesem Moment durch das leicht geöffnete Fenster wich und mit den Sonnenstrahlen verschmolz.

Es ist sehr selten, wenn zwei Seelen, die sich nahe sind, gleichzeitig gehen, aber es ist unendlich schön.

Niemand ist bei den Kühen

Knut hat genug. Seit er denken kann, arbeitet er jeden Tag bei den Kühen. Selbst seine ersten Erinnerungen handeln von der stetigen Arbeit auf dem Hof und der Sorge um das Vieh.

Er sitzt vorm Haus in der Sonne. Auf der alten Holzbank, die weit älter ist, als er selber. Er denkt nach und rekapituliert.

Seit er zwölf ist, gibt es für ihn kein wirkliches freies Wochenende. Und seit seine Eltern im letzten Jahr gestorben sind, gibt es nicht einmal mehr einen freien Tag in der Woche. Sein Betrieb ist klein, zu klein um in der heutigen Welt zu existieren. Seine 80 melkenden Kühe sind zu wenige, um mit dem stetig sinkenden Milchgeld die laufenden Rechnungen zu bezahlen. Und das, wo doch die Futterkosten, die Versicherungen und die allgemeinen Anforderungen an den Hof und die Milchherstellung unverhältnismäßig gestiegen sind.

Er zieht eine alte Rechnung aus der Tasche. Vor genau 10 Jahren hat er Rapsschrot zugekauft um die Tiere zu füttern. Eine Tonne kostete genau 12 Euro. Heute zahlt er für die gleiche Tonne Raps 26 Euro und das obwohl der Milchpreis von damals 35 Cent auf heute momentan 22 Cent gefallen ist. Er steckt die alte Rechnung wieder ein. Er spürt die warmen Sonnenstrahlen der Frühlingssonne auf seinen alten zerfurchten Händen. Dunkle Riefen durchziehen seine großen kräftigen Finger. Er hat sein Leben lang gearbeitet. Nun ist es langsam genug.

Er denkt an die Kredite und an die Bank. Die Bank hat immer den Joker. Er hat keinen mehr. Seine letzten Joker, seine beiden mitarbeitenden Rentner, hat er verloren. Erst gestern hat er sie auf dem örtlichen kleinen Friedhof der Gemeinde besucht und Blumen mitgebracht. Der einzige Lichtblick der Woche.

Seinen allerletzten Joker, in Form von einem Rest Eigenland hat die Bank im letzten Herbst kassiert. Ohne dieses Geld hätte er Futter und Saatgut für die Frühjahrsbestellung nicht bezahlen können. Er ist pleite. Die Schulden, die er notgedrungen immer weiter erhöhen musste, kann er kaum noch bedienen. Und die paar tausend Euro Milchgeld fallen in ein großes bodenloses Loch auf seinem Konto. Er könnte einfach aufhören. Zumindest wird ihm das immer wieder geraten. Aber die Leute interessiert nicht das Danach. Sie haben kluge Ratschläge. Aber niemand von ihnen befindet sich in dieser Lage. Niemand von denen lebt und arbeitet sein ganzes Leben auf dem eigenen Hof, mit viel körperlicher Arbeit und mit Tieren, die einen rund um den Tag brauchen, von einem abhängig sind, wie Knuts Milchkühe.

Er liebt sie zwar nicht. Manchmal hasst er sie sogar. Aber dennoch sind sie sein Leben. Er lebt mit ihnen und sie mit ihm. Seine 80 Kühe kennt er genau. Was auch kaum ein Kunststück ist, wenn man sie jeden Morgen und jeden Abend zum Melken herein treibt und ihre Launen und Ansichten, teils in freundlichem Überkauen und teils in herben Fußtritten abbekommt. Knut zählt seine Verletzungen nicht. Es ist normal, dass man mal getroffen wird, wenn eine Kuh ihr Melkzeug runterdrischt. Es sind schließlich Tiere, die sich nicht so viele Gedanken machen wie Menschen. Sie handeln eher spontan. Tut was weh oder ziept es, wird geschlagen mit dem Fuß. Egal ob der Melker gerade Zitzenbecher ansetzt oder nicht. Manche Tiere schlagen auch gezielt auf den Melker, doch die bleiben nicht lange. Wer nicht ins Team passt, muss gehen.

Es gibt schöne Momente, an die Knut gerne denkt. Die Geburt eines Kalbes, das es ohne menschliche Hilfe schafft, ist wunderschön. Denn dieser Moment hat etwas sehr Lebensbejahendes. Aber selbst, wenn man der Kuh helfen muss, weil es nicht vorwärts geht, ist es einzigartig, beim letzten kräftigen Zug mit dem nassen Kalb im Stroh zu landen und zu sehen, wie es gleich darauf den kleinen Kopf hebt.

Ein Lächeln huscht über Knuts Gesicht. Er mag seine Kälber. Jedes hat eine eigene kleine Persönlichkeit, die es nach und nach verstärkt. Deshalb bekommt auch jedes von ihnen einen Namen. Selbst die kleinen Bullen, die Knut nur vierzehn Tage behält und sie dann an einen der gruseligen Kälbermäster weiterverkauft. Jedes Mal, wenn er einen der kleinen Kerle auf den Transport schickt, überläuft ihn ein Schaudern. Aber es geht nicht anders. Bullenkälber von Milchkühen sind kaum etwas wert und sie selbst zu mästen ist für ihn zu teuer und aufwändig.

Knut denkt an den kleinen schwarzen Bullen von gestern Nacht. Er kam gesund und allein zur

Welt und stand heute Morgen beim Melken bei seiner Mama und trank. Heute oder morgen wird er die beiden trennen müssen, damit ihre Bindung zueinander nicht zu stark wird. Er wird den kleinen Bullen dann von Hand tränken und die Kuh wird gemolken. Bleiben Mutter und Kalb zulange zusammen, stellen die Mütter manchmal das Melken im Melkstand komplett ein, um für die Kälber die Milch zurück zu halten. Wenn die Kuh jedoch nicht gemolken werden kann, verdient sie kein Geld, sondern verbraucht es nur in Form von Futter, Wasser und Pflegekosten. Knut weiß gar nicht mehr, wie oft er den Leuten erklären musste, dass eine Kuh nur Milch geben kann, wenn sie ein Kalb bekommen hat. Sprich, die Trinkmilch nur in die Tüte kommt, wenn man einer Kuh nach der Geburt ihr Kalb wegnimmt und mit Milchaustauschern, oder wie in seinem Fall, mit Vollmilch ernährt.

Wie oft hat Knut schon lange Diskussionen darüber geführt, ob es richtig oder falsch ist, Kühe zu melken. Er ist dessen müde geworden. Und es ist auch nicht an ihm, darüber zu entscheiden. Er wurde hinein geboren. Hat damals, irgendwann einmal entschieden, weiter zu machen und nun steckt er drin. Er kann nicht einfach raus. Denn wie gesagt, den Joker hält immer noch seine Bank.

Er hat alles schon oft durchgerechnet. Alles verkaufen, alles hinschmeißen. Alles verlieren.

Der Wert seiner 80 Kühe ist durch die Milchkrise in den Keller gerauscht. Wenn er Glück hat, kriegt er für alle noch einen mittleren Schlachtpreis. Ganze Herden kauft zur Zeit niemand. Und seine Nachzucht ist nicht so gefragt, weil seine Tiere nur Standard sind. Und weil er sich keine Mühe macht, ihre Leistungen bei den monatlichen Milchkontrollen durch kleine Tricks künstlich zu erhöhen. Er ist ehrlich. Anders als andere Kollegen.

Aber diese Kleinigkeiten sind auch völlig nebensächlich. Tatsache ist, dass er, selbst wenn er all seine Tiere, die alte Technik auf dem Hof und seine komplette Ernte verkauft, die Bank noch lange nicht vollständig bedienen kann. Der Bank gehört sowieso bereits der Hof. Die Nebengebäude, der Stall und selbst das Wohnhaus gehören nicht mehr wirklich ihm, sondern einem Mann in einem grauen Anzug in einem grauen Gebäude. Er müsste all das hier verlassen, wenn er verkauft. Er müsste sein Leben auflösen. Sein ganzes Leben mit all seinen schönen und schlechten Erinnerungen. Es ist sowieso nur noch eine Frage der Zeit, bis die Bank an ihn heran treten wird. Die letzten Rechnungen wurden wieder nicht überwiesen. Die rote Zahl auf seinem Konto ist zu groß.

Knut schaut auf. Ein großer rotgestromerter Kater geht selbstbewusst seines Weges. Er sieht zerzaust aus. Ein bisschen schmutzig. Aber er geht stolz und erhaben. Es ist sein Hof. Sein Revier. Knut mag keine Katzen, aber in diesem Moment ist er voller Bewunderung für das elegante Tier.

Er schaut ihm nach. Blinzelt in die Sonne. Er muss noch die Kälber füttern. Sie warten auf ihn. Er steht langsam auf. Sein Rücken schmerzt, aber es ist ihm egal. Er folgt langsam dem Kater.

Auf dem Tisch liegt ein Kälberstrick. Er greift im Vorbeigehen danach. Der Kälberstrick ist weiß aus weicher fester Baumwolle gedreht. Er hat ihn geschenkt bekommen. Am Ende ist eine kleine Öse, durch die man den Strick zieht, um eine Schlaufe zu bilden. Es sieht ein bisschen wie ein Galgenstrick aus. Knut lässt den Strick durch seine alten rauen erdigen Hände gleiten.

Gegen 17:37 Uhr am nächsten Tag fährt ein Auto auf den Hof.

Die Kühe muhen unaufhörlich. Das Auto fährt langsam. Ein Mann steigt aus und ruft. Aber niemand antwortet. Das Schreien der Tiere wird noch lauter, weil sie den Menschen entdeckt haben. Die Kühe wollen gemolken werden, bei vielen läuft Milch aus dem Euter. Die Färsen und größeren Kälber blöken nach Futter. Die kleinen Kälber in ihren Iglus schreien nach Milch.

Der Mann geht über den Hof zum Haus. Nach einer Weile kommt er zurück. Geht erneut zum Stall und wirft einen Blick in die Scheune. Erst auf den zweiten Blick realisiert er, was dort falsch ist. Ein Körper hängt an der alten Schrotmühle. Der Kopf hängt in einem weißen Strick, der Körper baumelt schlaff darunter. Am Fuße der Schrotmühle sitzt ein dicker roter Kater. Er schaut den Menschen vorwurfsvoll an. Der Mensch dreht sich um, geht einige Schritte und übergibt sich auf den rissigen mit nassem Schrot verschmierten Beton.

Knut ist noch da. Er hat eine ganze Weile mit dem gestromerten Kater kommuniziert. Anders als durch Worte, mehr so über den Verstand. Er sieht sich selbst dort hängen und findet, dass er nicht schön aussieht. Seine Hose ist eingenässt und seine Kleidung ist wie immer übersät mit Güllespritzern vom Güllepumpen. Den Mensch, der sich gerade übergeben hat, kennt er nicht.

Er ist Knut auch egal.

Knut hat jetzt andere Sorgen. Oder sollte man besser sagen, er ist jetzt sorgenfrei?
Er schaut hinab zum Kater, streicht sanft über dessen Fell und schwebt hinaus.

Er hat so eine Art schlechtes Gewissen. Denn niemand ist bei den Kühen.

Die kleine Weide

Es war nicht gerade eine Heirat aus tiefer romantischer Liebe gewesen, aber es hatte gehalten und vielen Höhen und Tiefen des Lebens getrotzt. Vielleicht sind es gerade diese Vernunft Ehen, die gut halten, oder es war einfach nur Zufall gewesen.

Nun war er alt, hatte seine kleinen und großen Wehwehchen, aber war dennoch zufrieden mit dem was gewesen war.

Zwei stolze Söhne hatten sie gemeinsam großgezogen. Mittlerweile hatten diese selbst Familien.

Vor einiger Zeit war er dann Opa geworden und erfüllte seine neue Rolle ganz gut.

Allerdings gab ihm all das in letzter Zeit nichts mehr. Er zog sich langsam mehr und mehr zurück. Puzzelte vor sich hin in seinem kleinen Schuppen und schloss immer öfter die Tür nach dort draußen. Er nahm mehr und mehr Abstand zur Welt. Was kaum auffiel, da das Umfeld wenig auf alte Menschen achtet. Einzig seine Frau merkte, dass er sich zusehends abkapselte, tat dies jedoch als normal ab. Denn auch sie hatte gerne mal ihre Ruhe.

Wilhelms große Leidenschaft war das Schnitzen. Er zelebrierte bereits die Suche nach dem geeigneten Holzstück. Fand er ein passendes,

wog und streichelte er es in seinen großen Händen. Erst wenn es sich wirklich richtig
anfühlte, nahm er es mit in seinen Schuppen und legte es auf sein Holzregal.

Auf den Regalbrettern sammelten sich die unterschiedlichsten Exemplare. Das Holz der Haselnuss hatte es ihm besonders angetan. Er mochte seinen Geruch und die Art, wie es in der Hand lag. Es schmiegte sich meist irgendwie in seine großen Hände, als wenn es nur darauf gewartet hätte, zu ihm zu gelangen.

Neben den Haselnüssen hatte er noch einen besonderen Baum, den er sehr schätzte. Es war eine kleine Kopfweide. Obwohl sie viel Arbeit machte, mochte er sie unheimlich gern. Schnitt sie regelmäßig liebevoll in Form, fegte die Blätter auf und hielt ein Auge auf mögliche Schäden.

Wenn die kleinen Spatzen sich in den langen Weidenruten versteckten und schwungvoll davon flogen, musste er immer wieder lächeln. Es war so viel Leben in dieser Weide. Manchmal schaute das Eichhörnchen Pärchen vorbei und einmal hatte er sogar den Uhu, den man abends regelmäßig im Dorf hörte, dort in der Dämmerung sitzen sehen.

Mit den Jahren wurde die kleine Weide zu einer Art Freundin für ihn. Nicht dass er ihr einen Namen gegeben oder sie womöglich laut angesprochen hätte. Ihre Beziehung war eher unscheinbarer Natur. Es verband ihn etwas Zartes, Unmerkliches mit dem Baum. Etwas Vertrautes. Er fühlte sich wohl, wenn er ihn beobachtete oder ihn pflegte.

Um so mehr Wilhelm sich aus der realen stressigen Welt verabschiedete, um so mehr genoss er die Zeit bei seiner Weide. Nach und nach begann er mit ihren langen Ruten zu arbeiten. Schnitt sie in passende Längen zurecht, weichte sie ein und webte sie in kleine Gerüste, die er aus seinen Haselnussruten gebogen hatte.

Es entstanden die ersten Körbe, flache Schalen und runde Übertöpfe. Mitten zwischen seinen Schnitzereien. Er verwandelte Weidenruten, die normalerweise auf dem Osterfeuer gelandet wären, in kleine Kunstwerke. Webte die Ruten gleichmäßig und wie mit Zauberhand ganz selbstverständlich in ihre spätere Form, als hätten sie nie etwas anderes sein mögen.

Marie beobachtete den alten Herrn gespannt.

Sie kannte ihn schon sehr lange, aber mit der Zeit sah sie ihn immer öfter. Sie mochte ihn. Er hatte so eine wunderbar ruhige Art an sich. Manchmal summte er auch leise, das mochte sie besonders gerne.

Maries Platz war oben im Kopf der Weide. Wie sie dort hin gekommen war, wusste sie nicht wirklich. Irgendwann war sie plötzlich dort gewesen. Sie hatte den Ort gern. Liebte ihre Weide und genoss die Besuche der Vögel, der Eichhörnchen, die leider selten kamen und den des alten Herren.

Marie kannte grobe Zusammenhänge aus dem Leben von Wilhelm, die sie aus ihren Beobachtungen rückschloss. Sie kannte seine Söhne, seine Frau, deren Familien und die Enkelkinder. Hatte den einen oder anderen Freund von Wilhelm kennengelernt und alles in allem einen recht guten Überblick.

Was Marie jedoch nicht wusste, war etwas über sich selbst. Sie wusste nicht, wo sie her kam, wer ihre eigene Familie war, oder wieso sie geradewegs hier ihre neue Wohnstätte hatte.

Wilhelm dagegen wusste genau, wer sie war.

Allerdings war er sich nicht bewusst, dass sie hier war.

Vor vielen Jahren hatte er die kleine Marie einmal in seinen großen Händen gehalten.

Sie war winzig gewesen. Viel kleiner als die anderen und sie hatte nicht mehr gelebt.

Seine Frau hatte damals eine Frühgeburt erlitten und das kleine Mädchen war viel zu klein und nicht lebensfähig gewesen. Man hatte sich damit abgefunden und damals im Krankenhaus hatte man kein großes Getue darum gemacht.

Aber Wilhelm hatte, mit etwas Überredungskunst, durchgesetzt, dass er das tote Etwas mitnehmen durfte. Der normale Vorgang wäre eine Entsorgung von Seiten des Krankenhauses gewesen, da so frühe Fehlgeburten damals noch nicht beigesetzt wurden.

Wilhelm hatte die kleine Marie in einem alten Schuhkarton, eingewickelt in mehrere Tücher, abgeholt. Außer dem zuständigen Personal des Krankenhauses wusste niemand davon, auch seine Frau nicht.

Er war mit dem Schuhkarton in seiner Werkstatt verschwunden, wo ein winziger, kleiner, liebevoll geschnitzter Sarg wartete.

Behutsam hatte er Marie darin weich gebettet, ein paar trockene Kamilleblüten aus dem letzten Sommer dazu gelegt und den kleinen Deckel verschlossen. Kurz darauf war er mit dem Spaten nach draußen verschwunden.

Am Fuß der Weide hatte er ein kleines rechteckiges Loch in die kalte, feuchte Erde gegraben.

Er hatte den Spaten zurückgebracht.

Den Rest seiner getrockneten Kamilleblüten band er zu einem kleinen Strauß. Nahm diesen, schwach nach Sommer duftenden, letzten Gruß und den kleinen Sarg in seine großen wettergegerbten Hände und ging hinaus zur Weide.

Die Jahre waren gekommen und gegangen und Marie hatte, ohne es auch nur zu ahnen, ganz nah bei ihrem Vater sein können.

Wilhelm wiederum besuchte immer wieder das unscheinbare Grab seiner kleinen ungeborenen Tochter, ohne zu ahnen, wie nah sie ihm war.

Nach einer gewissen Zeit scheint sich alles im Universum irgendwie zu regeln und so, es mag auch ein Zufall gewesen sein, kam es, wie es kommen musste.

Wilhelm verstarb.

Marie war schon einige Male zuvor aufgefallen, dass der alte Mann immer durchscheinender und unauffälliger wurde. Als wäre sein Körper nur noch eine Hülle, deren Seele schon ab und an einen Ausgang unternahm. Für Wilhelm fühlte sich dies wohl eher wie ein kurzer Tagtraum an. Wie ein kurzes Gedanken Schweifenlassen. Ein kurzes Loslösen von der Realität.

Irgendwann ließ er jedoch komplett los und schweifte davon. Interessanterweise bereute er es nicht, sondern ging gelassen in den Tod. Er hatte ein langes Leben gehabt, bereute nicht viel und hatte mit sich abgeschlossen.

Während er dieses neue, völlig andere Gefühl auskostete, sah er seine eigene Beerdigung vorbeiziehen. Las die Beileidskarten mit und schmunzelte unmerklich über die hinter der Kirche heimlich trinkenden Totengräber.

Als der ganze Trubel vorbei war, und er noch einmal allen auf seine neue Art Lebewohl gesagt hatte, blieb ein letzter wichtiger Besuch zu erledigen.

Sein Hauch von Seele näherte sich der Weide. Er nahm sie sofort wahr.

Sie saß in der Krone der Weide und ließ ihre Beine baumeln. Sie war formlos und durchscheinend, wie er selbst. Sah jedoch aus, wie er sie sich immer vorgestellt hatte.

Ein kleines etwa 7 jähriges Mädchen mit zwei lustigen Zöpfen, einem breiten Lächeln und tiefgrünen Augen, wie eine kleine Katze. Andererseits war sie nur ein Hauch, wie er selbst. Ein zarter Wind. Ein durchscheinendes Etwas.

Marie blickte auf die Seele des alten Mannes, die auf sie zu kam. Sie freute sich, falls man es so nennen kann. Und als sein nicht vorhandener Körper ihren berührte, floss seine Energie in ihre und sie beide verstanden. Hätten sie beide weinen können, hätten sie es getan. Aus purer Freude.

Aster

Er war vier und er hielt seinen Stoffhasen eng an sich gedrückt. Der Hase hieß Aster.
Er hatte Angst.
Volkhard hatte keine Angst. Er war ein mutiger, tapferer kleiner Junge und er durfte keine Angst haben. Aber Aster hatte Angst und deshalb tröstete er seinen kleinen Hasen so gut es eben ging, während die Decke über ihnen bebte.

Es sah aus wie Pudding.
Die graue Betondecke waberte nur zwanzig Zentimeter über ihren Nasenspitzen
Wie der Schokoladenpudding von seiner Oma, wenn man die Schüssel anstubste. Nur war der Beton hässlich, kalt und grau. Er vermisste seine Oma. Genau wie die Apfelbäume im Garten seines Opas, hinter denen man sich so schön verstecken konnte. Er dachte an seinen Opa, der immer ein bisschen nach Leder und Kleber roch.
Eine weitere Detonation erschütterte den Bunker. Volkhard zuckte kurz zusammen und drückte Aster fest an sich. Er musste stark sein – für Aster. Er hatte keine Angst. Er war ein tapferer kleiner Junge.
Die Leute auf den zwei Ebenen unter dem dreistöckigen Hochbett unterhielten sich leise. Zwei Frauen weinten und ein Baby gab ein Wimmern von sich. Ansonsten hörte man nur das

Krachen der Einschläge oben und das Wummern von entfernten Salven der Flugabwehr. Eine sonderbare Melodie des Krieges, eine Kakophonie von mechanischen Geräuschen, Explosionen und menschlichem Wehklagen.

Irgendwo dort zwischen den ängstlichen dicht aneinander gedrängten Menschen war seine Mutter. Er konnte sie nicht sehen, weil das Licht ausgegangen war. Aber er wusste, das sie noch dort war.

Als die Sirenen ertönten waren sie losgelaufen. Hatten gemeinsam rennend den Militärbunker am Ende der Straße erreicht und Schutz gesucht, wie so viele Andere. Der Bunker war grau, trist und kalt. Aber er war stabil. Das und nichts anderes zählte.

Immer wieder verfolgte er die Puddingbewegungen an der tristen Raumdecke über sich. Stabilität hängt manchmal auch sehr eng mit Elastizität zusammen. Wenn die Wände sich nicht mit jeder Detonation mitbewegen würden, wären sie längst zerbrochen und hätten sie alle unter Steinen und Schutt begraben. Vielleicht alle, bis auf Aster. Denn Aster war ja ein Kaninchen und die konnten sich lange Gänge unter der Erde graben, das wusste Volkhard. Also würde Aster sich einfach hinaus buddeln, wenn alles schief ging und zusammenstürzte. Aster würde es schaffen. Und vielleicht würde Aster seinen Gang so groß machen, das auch Volkhard hinterher kriechen könnte. Schließlich war er ein kleiner flinker Junge und gut klettern konnte er auch.

Er erinnerte sich an eine Geschichte von einem kleinen Mädchen, dass einem Kaninchen durch dessen Tunnel gefolgt und in einer wundervollen verrückten Welt angekommen war. Also sprach Volkhard sehr leise mit seinem kleinen Stoffhasen darüber. Sie planten gemeinsam für den Notfall. Irgendwann schlief Volkhard ein, Aster fest an sich gedrückt.

Dabei wurde er beobachtet. Ein einsames Wesen warf schon seit geraumer Zeit seinen Blick auf den kleinen Jungen und den Stoffhasen. Hätte das Wesen weinen können, hätte es das zu genüge getan. Aber da es weder einen Körper, noch die nötigen Tränen besaß, schaute es einfach nur still zu. Das Wesen erinnerte sich wage daran, dass es auch gerne Kinder gehabt hätte. Doch der Krieg hatte alles zerstört. Das Wesen war vor nicht langer Zeit eine junge und sogar recht hübsche Frau gewesen, daran erinnerte es sich noch recht gut. Sie hatte Pläne gehabt, hatte ihren Liebsten heiraten wollen und noch so viel mehr. Doch dann war der Krieg gekommen und hatte alles kaputt gemacht. Der Krieg hatte nicht nur ihre Liebe zerstört, sondern letzte Woche am Donnerstag, auch ihr kleines unscheinbares Leben. Sie hatte zu lange gezögert als die Sirenen brüllten, war nicht direkt losgelaufen. Sie hatte es nicht rechtzeitig geschafft. Während sie noch rannte war ein Geschoss durch die Luft gesirrt, aufgeschlagen und hatte alles zerrissen. Auch sie.

Nun war sie nicht mehr sie selbst. Oder anders gesagt, sie war noch sie selbst, hatte jedoch ihr materielles Dasein komplett verloren. Erst war sie verwirrt gewesen, doch nach und nach akzeptierte sie ihre neue Lage und ihre neuen Fähigkeiten. Auch wenn sie nur noch ein Etwas ohne Körper war, der kleine Junge vor ihr, schien dagegen sehr real. Und er tat ihr unsagbar leid.

Sie beobachtete wie sich sein kleiner Körper mit jedem Atemzug hob und senkte. Ein kleines Kind, in einer so furchtbaren Welt. Dieser verdammte Krieg. Was taten die großen Machthaber und Streithähne nur ihrem Volk an. Es war schon schlimm was die Erwachsenen durchlitten, aber die armen Kinder mussten es austragen. Täglich wurden sie konfrontiert mit verletzten, verängstigten Menschen, sahen Leichen im nahegelegenen Fluss vorbei schwimmen oder rannten selbst um ihr Leben, wenn die Sirenen heulten.

Von einem Moment auf den anderen beschloss das Wesen, dass sie ihn begleiten würde. Sie hatte sowieso nichts besseres vor und dieser kleine Junge brauchte so sehr einen Schutz, dem ihm die Menschen nicht geben konnten.

Sanft segelte sie heran, formte eine Art feinen Schutzwall um ihn und begann ihre Wache.

Volkhard hatte einen ungewöhnlichen Traum.

Aster war dort bei ihm und verwandelte sich in eine nette junge Frau mit langem hellem Haar und einem sehr schönen Lächeln. Sie strahlte ihn an und er lief auf sie zu. Lief in ihre Arme und obwohl er sie noch nie gesehen hatte, wusste er dass es richtig so war.

Ein großes Gefühl von Sicherheit umgab ihn. Dann verwandelte sich die Frau wieder zurück in seinen heißgeliebten Aster und der Traum verschwand.

Seine Mutter weckte Volkhard, als der Angriff vorbei war und der Bunker sich nach und nach leerte. An den Traum erinnerte er sich nicht mehr.

Aster fest an sich gedrückt, verließ er gemeinsam mit seiner Mutter den grauen hässlichen Ort und trat ins Licht.

Etwas folgte ihm unmerklich und lächelte scheinbar in die Sonnenstrahlen.

Sie hatte nun eine Aufgabe. Sie würde ihn sein Leben lang beschützen.

Danksagung:

Mein größter Dank geht an Hermann und unsere kleine Leonora. Ihr habt mich nicht nur unterstützt, mich erheitert, meine Launen ertragen, sondern ihr wart auch immer für mich und meine Sorgen da.

Ich danke auch meiner großen Inspiration.
(Du weißt, dass du jetzt gemeint bist ;-) !)

Mein besonderer Dank geht an meine Mama, die viel ihrer Freizeit für meine melancholischen Zeilen geopfert hat und an meinen Papa und meinen Bruder Marius für die wunderbaren Unterhaltungen, die wir geführt haben. Ich freue mich auf weitere fantastische Anregungen!

Ohne euch alle, wären diese Geschichten nie gewachsen!

Danke.

Erika Plueckthun

Bin ich echt schon so alt?

Ein Zauberspiegel lässt alte Erinnerungen aufleben

„Episoden blitzen auf. Lange vergessen geglaubte Geschehnisse, die unterschiedlichsten Bilder, stürmen auf sie ein. Erinnerungen lassen Gefühle hervor sprudeln. Sie versteht nicht, was da mit ihr geschieht, es stellt sich keine Ordnung ein. Die Gedanken wollen sich nicht einengen lassen, wollen sich keiner bestimmten Reihenfolge unterordnen. Immer wieder neue drängen sich in den Vordergrund. Was macht der Spiegel nur mit ihr?"

TWENTYSIX   *ISBN: 978-3-740-72818-2*